MW00980199

Étrange cadeau dans le traîneau

Une histoire écrite par Anne Leviel-De Ruyver
illustrée par Martin Matje

LES BELLES
HISTOIRES
BAYARD POCHE

Au bout du ciel,
il y a quelqu'un qui est drôlement content...
C'est le Père Noël !

Ses rennes sont joyeux,
son traîneau est bien astiqué,
et il ne manque pas
un seul cadeau.
Mais, avant de s'envoler,
le Père Noël doit traverser
une grande forêt.
Et c'est un peu plus loin,
au bout de cette forêt,
qu'il pourra enfin plonger
dans le ciel !
Les rennes s'élancent.
Le traîneau file.
Hop ! Hop !
Trotte, galope et flotte !
Le Père Noël, les yeux fermés,
écoute les grelots
qui chantent dans son dos.
Il attend le moment
de s'envoler dans le ciel.

Mais... mais... brusquement,
les rennes s'arrêtent en catastrophe.
En plein milieu du chemin enneigé,
un loup noir barre la route, d'un air décidé.
– Retire-toi de là ! ordonne le Père Noël.
Je suis pressé !
Tu ne me reconnais donc pas ?
– Si, je te reconnais,
répond le loup sans bouger du tout.
Et c'est pour ça que je suis là.
Cette année,
je veux que tu m'emmènes avec toi !
Oh là là !
Le Père Noël n'est pas du tout d'accord.
Un loup dans son traîneau ?
Et si c'était une ruse de loup pour dévorer
un tas de petits gars en pyjama ?
– Ah, ça non ! crie le Père Noël.
Pas question !

Mais voilà que le loup prend une toute petite voix.
Il pleurniche :
– C'est toujours comme ça,
personne ne veut jamais de moi.
Le Père Noël est embêté.
Peut-on vraiment laisser quelqu'un seul,
dans la forêt, la nuit de Noël ?
Même un loup ?
Rien que d'y penser, il en a le cœur serré.
– Allez, marmonne le Père Noël au loup,
c'est d'accord. Monte dans le traîneau !
Les rennes se remettent au galop.
Hop ! Hop ! Trotte, galope et flotte !
Les voilà en plein ciel !
Soudain, au loin, le Père Noël aperçoit
la montagne biscornue.
C'est le domaine de la sorcière Rose-Crochue.
« Tiens, tiens..., se dit-il.
Peut-être qu'elle aimerait ça, elle,
un loup, en cadeau de Noël ? »

Hop ! Hop ! Trotte, galope et flotte !
Les voilà arrivés
sur la montagne biscornue !
Le Père Noël crie :
– Holà, Rose-Crochue !
J'ai un cadeau pour toi !
Rose-Crochue n'en croit pas
ses oreilles :
– Un cadeau pour moi,
Nom d'un rutabaga,
c'est nouveau, ça !

Le Père Noël
pousse Rose-Crochue
vers le traîneau :
– Regarde, lui dit-il,
il n'est pas beau,
mon cadeau ?
Mais en voyant le loup,
la sorcière se met à hurler :
– Ah, non, non, non,
pas de loup !

Surtout pas de loup ! Je viens d'acheter
deux moutons à cinq pattes,
des moutons maléfiques de première qualité.
Le loup pourrait me les dévorer !
Le loup marmonne : – C'est toujours comme ça,
personne ne veux jamais de moi.
Rose-Crochue a une idée. Elle dit au Père Noël :
– Va voir la fée Fraîche-Mine. Tu sais, la fée !
Elle appelle tout le monde « mon p'tit loup »,
alors... elle doit les aimer, ces bêtes là !

Hop ! Hop ! Trotte, galope et flotte !
Le Père Noël file chez Fraîche-Mine.
À peine l'aperçoit-il de loin qu'il se met à crier :
– Hou hou, Fraîche-Mine, tu me reconnais ?
J'ai un cadeau qui va t'étonner !
Fraîche-Mine arrive en courant,

elle ouvre ses bras tout grands en disant :
– Salut, mon p'tit loup ! Tu as pensé à moi !
C'est gentil, ça !

Mais quand le Père Noël lui montre le loup
couché dans le traîneau,
Fraîche-Mine prend un air catastrophé.
Elle secoue la tête et elle dit :
– Un loup ? Non, non...
Je viens juste d'enfiler
ma nouvelle robe d'hiver,
une robe à la dernière mode,
en fils de givre tressés !
Il va tout abîmer
avec ses pattes crottées !

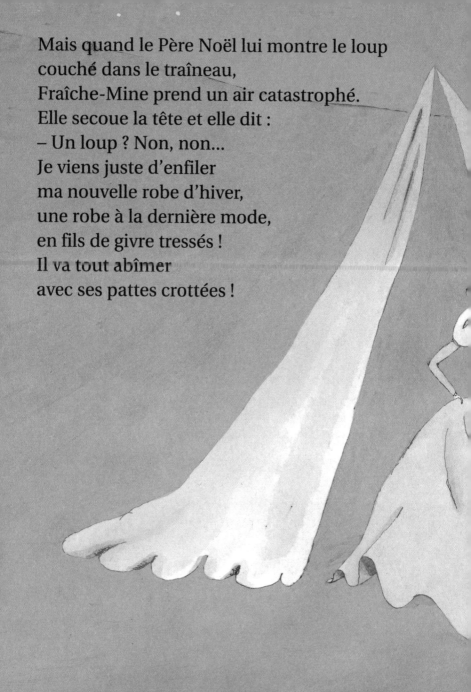

Le loup baisse le museau :
– Tu vois, je te l'avais dit...
C'est toujours comme ça,
personne ne veut jamais de moi.
Le Père Noël est étonné :
le loup va-t-il se mettre à pleurer ?

Hop ! Hop ! Trotte, galope et flotte !
– Où est-ce qu'on va, maintenant ?
demande le loup d'une toute petite voix.
Le Père Noël répond :
– Chez les lutins de Saint-Glinglin.
Le loup balbutie : – Tu... tu vas encore...
me donner en cadeau ?
Et voilà que le loup se met à pleurer, à pleurer...
– Eh, doucement, murmure le Père Noël,
tu vas mouiller tous les cadeaux !
Mais, dis-moi, à la fin : que veux-tu que je fasse de toi
Le loup répond en sanglotant :
– Je voudrais... t'aider à... déposer les... paquets !
Le Père Noël ne peut pas s'empêcher de penser :
« Et si c'était une ruse de loup pour essayer
de croquer deux ou trois petits d'hommes,
à la sauce d'oreiller ? »
– Bon, décide le Père Noël, d'accord,
tu vas m'accompagner.
Mais tu resteras dans le traîneau.
Distribuer les cadeaux, c'est mon boulot !

Le Père Noël commence sa tournée.
Il descend dans chaque cheminée,
portant des piles de paquets.
Le loup, lui, monte la garde dans le traîneau.

Tout à coup, le Père Noël se met à crier :
– Aïe, ouille, ouille, ouille !
Sur le toit glissant, il a dérapé.
Le voilà les deux pieds coincés
entre deux cheminées !
Aussitôt, le loup, d'un bond léger, saute du traîneau.
Le Père Noël s'affole :
– Ça y est ! Il en profite ! Comme je suis coincé,
il va descendre par les cheminées
chercher des enfants à croquer !
Du toit, le Père Noël se met à hurler au loup :
– Où vas-tu ? Que fais-tu ?

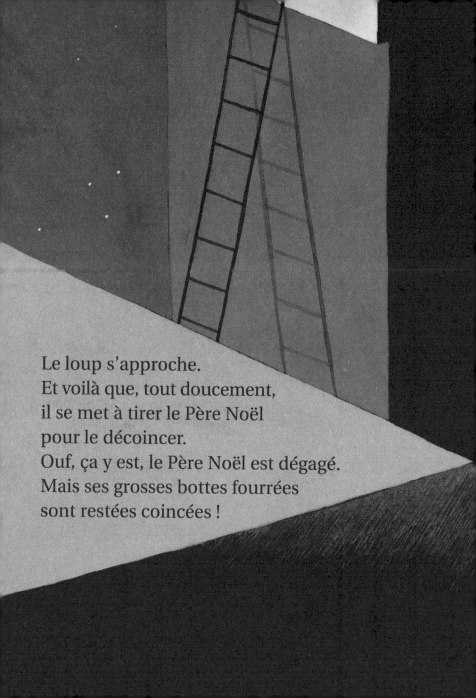

Le loup s'approche.
Et voilà que, tout doucement,
il se met à tirer le Père Noël
pour le décoincer.
Ouf, ça y est, le Père Noël est dégagé.
Mais ses grosses bottes fourrées
sont restées coincées !

De retour dans le traîneau,
le Père Noël enlève ses chaussettes trempées.
Il a les pieds gelés.
Sans dire un mot, le loup se couche en travers.
Le Père Noël sent une bonne chaleur
qui lui enveloppe les pieds.
Il est tout ému.
Comme une larme se prépare à couler,
il renifle un peu : – Hé, tu me chatouilles,
avec ton chauffage « poils de loup » !
Alors c'était vrai ?
Tu voulais vraiment m'aider ?
Le loup fait « oui » avec son museau.
Le Père Noël dit : – Si tu veux,
tu peux déjà commencer,
parce que j'ai encore
une tonne de cadeaux
à distribuer !

Le loup est tellement heureux
qu'il n'arrive pas à parler.
Il saute du traîneau, tout chargé de paquets.
Les yeux brillants, il va les déposer
tout doucement dans les cheminées.
Et entre chaque maison, le loup n'oublie pas
de réchauffer les pieds glacés du Père Noël.

Quand tous les cadeaux sont déposés,
le traîneau file dans le ciel.
Hop ! Hop ! Trotte, galope et flotte !
Le voilà qui traverse de nouveau la forêt.
Le Père Noël serre le loup dans ses bras
et il lui dit : – Avant, je ne te connaissais pas.
Noël m'a fait une drôle de surprise.
Maintenant, je ne t'oublierai pas.
Dans le silence de la forêt,
le Père Noël et le loup, les yeux fermés,
mains et pattes serrées,
écoutent les grelots
qui chantent dans leur dos.
Hop ! Hop ! Trotte, galope et flotte !

Anne Leviel-De Ruyver est née à Roubaix en 1962. Après avoir été institutrice pendant quinze ans, elle est aujourd'hui auteur et conteuse professionnelle. Maman de trois enfants, elle trouve aussi le temps de travailler au sein de la revue *Lis avec moi*, et de pratiquer, entre autres passions, le chant et le jardinage.

Martin Matje est né en 1962 à Paris. Aujourd'hui il vit à Montréal et travaille beaucoup pour les éditeurs américains. Martin est un illustrateur qui touche à tout, de la publicité aux histoires pour tout-petits, sans oublier les romans pour plus grands. Il travaille aussi pour la presse française et américaine. En France, ses ouvrages sont publiés par les éditions Nathan et Épigones.

Du même illustrateur dans Bayard Poche :
Le lit voyageur - Courage, Trouillard ! (J'aime lire)

Achevé d'imprimer en juillet 2003 par Oberthur Graphique
35 000 RENNES – N° Impression : 5173
Imprimé en France